W0199738

Il a été tiré de l'édition originale de cet ouvrage
trente-quatre exemplaires sur vélin pur fil
des papeteries Malmenayde numérotés de 1 *à* 34.

Couverture : lettrage de Pierre Alechinsky.

© *Mercure de France, 2005.*

Traits et portraits

Collection dirigée
par Colette Fellous

CHRISTIAN BOBIN

Prisonnier au berceau

MERCVRE DE FRANCE

1520

J'ai toujours habité deux villes : Le Creusot et la ville qui est au-dessus dans les nuages.

Écartant le rideau du bleu, trois anges sont descendus du ciel. Ils sont entrés par la fenêtre de la cuisine, se sont assis autour de la table et, sans prononcer un mot, m'ont regardé. Je les reconnaissais. Ils venaient de mon enfance captive des lumières bleutées d'un massif d'hortensias et des trilles inlassablement repris d'un merle cherchant à rompre une trop longue solitude. L'ange des heures creuses, l'ange du cœur vide et l'ange du ciel pauvre m'apportaient par leur silence la réponse que je n'ai pas su donner hier, à cet homme épris de culture qui me demandait en riant : « Comment peut-on vivre et écrire dans ce trou perdu du Creusot ? »

Personne ne rêve de venir vivre au Creusot : cette disgrâce suffit pour donner à cette ville le sacrement de la plus sûre beauté, dévolue aux recalés, aux illettrés et aux boiteux de toutes sortes. Il n'y a rien ici, ni église baroque, ni demeures somptueuses. Il n'y a que les saisons qui passent, enflammant de leurs couleurs les jardins ouvriers.

Le nom du Creusot passe dans le journal de Paul Claudel, au mois de décembre 1916. Il ne fait que passer, petit caillou gris, anguleux, égaré au milieu des pierreries de noms de villes prestigieuses, d'Italie et de Suisse. Au Creusot le voyant Claudel n'a rien vu et c'est sur le roc inébranlable de ce « rien » que les anges depuis toujours élèvent leurs palais de lumière et leurs cathédrales d'air.

L'âme métallique du Creusot déchire tous les beaux habits qu'on veut lui mettre. Même ce qu'on appelle le « château de la Verrerie » ressemble plus à une manufacture qu'à un château. Les cristaux qui y furent produits pour la reine Marie-Antoinette ont une apparence brute, comme s'ils annonçaient les locomotives et les canons qui sortiraient des usines, un siècle plus tard. Plongé dans l'atmosphère de cette ville, le cristal devient aussi pesant que de l'acier. C'est dans cette atmosphère que j'ai cherché un sens à la fuite des jours, blotti sous un manteau de rudesse dont je découvrais peu à peu la doublure de grâce.

C'est dans la mesure où il n'y a rien à voir que les yeux commencent à s'ouvrir : les apparitions alors se multiplient. C'est une bogue de châtaigne au parc de la Verrerie, ouverte après avoir roulé à terre, délivrant une lumière bosselée, martelée par un joaillier céleste. C'est aussi une tasse à café dépareillée dans le buffet de ma mère : d'un panier peint sur sa porcelaine blanche liserée d'or, trois violettes tombent sans bruit dans l'âme du buveur. C'est encore un horloger qui a le bonheur de ne rien vendre depuis trente ans : toutes les montres exposées dans sa vitrine sont à l'heure tandis que lui, dérangé par aucun client, fume sa pipe dans l'arrière-boutique, hors du temps.

Dans l'enfance, lorsque je marchais avec mes parents dans les rues du Creusot, je découvrais que cette ville lourde avait la même structure qu'un flocon de neige : des avenues désertes tracées à la règle, des places venteuses et, jaillissant d'étroits couloirs, rôdant dans les jardins dérobés, le bleu de roi d'un ciel brûlant.

Rue de la Fontaine, cachée des passants, une large bande de terre herbeuse, éclairée par de rêveurs arbres fruitiers, tend ses merveilles aux nuages qui glissent dans le ciel au-dessus. Il faudrait que mille femmes de ménage frottent pendant mille ans les parquets du château de Versailles pour qu'il accueille autant de lumière que ce jardin, cachant le paradis derrière sa palissade de pauvreté.

Mon père a pendant des années loué à l'usine un lopin de terre à cultiver, situé en contrebas d'une route. Il venait y goûter à la bienheureuse vie du silence, bêchant, sarclant, s'arrêtant pour fumer une cigarette et regarder les pivoines répondre aux brusqueries du vent par des fous rires de jeunes filles. Le temps entrait pieds nus dans le jardin en pente, laissant sur le seuil ses souliers d'inquiétude. Au centre un

pêcher rhumatisant donnait des pêches de vigne. J'admirais le vieux velours violet de leur peau, et leur noyau dense dont les profonds sillons ressemblaient aux plis du cerveau d'une fée pétrifiée. Il y avait aussi une cabane de planches dont le bois à gros nœuds, lapidé par les pluies et assommé par le soleil, m'émouvait comme la vision d'un martyr.

Au Creusot l'ange de la vie dort dans les remises à outils au fond des jardins ouvriers. Son cœur est chiffonné comme une pivoine. Il a la douceur sidérante de ceux qui ne prétendent plus à rien.

Après que le Christ eut ressuscité, l'Église entreprit de l'ensevelir plus profondément que ne l'avaient fait les Romains. Elle fit de lui ce qu'il n'a jamais prétendu être : un fondateur de religion. À petits coups d'encensoir, elle le poussa dans son nouveau sépulcre devant lequel elle fit rouler la lourde pierre des dogmes et des beaux-arts. Mais ce tombeau, comme le précédent, est vide : le roi des pauvres a préféré filer de nuit dans le jardin du poète Jean Grosjean. Il loge dans une des merveilleuses cabanes que sont ses livres.

En revenant du parc de la Verrerie et en passant sous les fenêtres du château qui a si longtemps été la demeure des princes de la métallurgie, j'ai entendu un moineau pépier. Chacun de ses pépiements rinçait le ciel. Un rosier en terrasse lui répondait par les murmures de son parfum. Je m'éloignai, comblé, du château dont le roi était un moineau.

Près du petit étang, dans le parc de la Verrerie, j'ai vu dans un fossé l'aile arrachée d'une tourterelle – une gravure tombée d'un carton de Dürer.

J'écris ce livre pour tous ces gens qui ont une vie simple et très belle, mais qui finissent par en douter parce qu'on ne leur propose que du spectaculaire.

J'étais le plus jeune prisonnier de France. J'allais de ma chambre à la cour et de la cour à ma chambre. Je passais chaque été enfermé dans la maison, à arpenter le cloître des lectures, goûtant à la miraculeuse fraîcheur de telle ou telle phrase. Quand je voulais sortir, un ange me barrait la porte. Je renonçais à mon projet et retournais dans ma chambre. L'ange me fermait la vie. Je la retrouvais dans les livres.

J'ai été seul pendant deux mille ans – le temps de l'enfance. De cette solitude, personne n'est responsable. Je buvais du silence, je mangeais du ciel bleu. J'attendais. Entre le monde et moi il y avait un rempart sur lequel un ange montait la garde, tenant dans sa main gauche une fleur d'hortensia – une sorte de boule de neige bleue. Pendant ces deux mille ans de captivité j'ai interrogé beaucoup de livres. Je lisais comme à l'étranger on déplie une carte pour trouver le point où l'on est, avant de chercher celui où l'on veut aller. J'ignorais où j'étais. Le Creusot n'était pas le nom d'une ville mais d'une attente. Le temps me rentrait son poing dans la gorge et m'étouffait lentement. Ma ruse c'était de me laisser mourir, de ne rien faire d'autre que regarder par la fenêtre le bleu des catastrophes. Aujourd'hui encore je me souviens plus de la lumière effilochée des jours que des événements de ma propre vie.

Mes maîtres à l'école m'ont pendant des années parlé en vain : je n'ai rien retenu de ce qu'ils m'enseignaient, peut-être parce qu'ils le tiraient de leurs certitudes et non de l'ignorance printanière de leurs âmes. Qui sait vraiment quelque chose sur cette vie ? Même la mort n'est pas sûre. Ceux de mes proches que j'ai vus dans un cercueil semblaient tous réfléchir farouchement, concentrés sur un problème particulièrement obscur. La résurrection est la résolution soudaine de ce problème, le jaillissement d'une lumière qui fracasse les os du crâne et les pierres de nos certitudes. Cette lumière est déjà là, mêlée à nos jours. Elle perce de tous côtés la nuit qui nous entoure. Si j'ai oublié ce qu'on s'éreintait à m'apprendre, je me souviens très bien des leçons de courage données par le banc dans ma cour. Sa peinture verte s'écaillait. Il méditait sous le ciel, par tous les temps. J'étais son élève. J'attendais jour et nuit. Il y a en nous quelque chose qui dure plus longtemps que notre attente.

J'ai passé une grande partie de mon enfance dans l'enclos des dimanches, attaché au piquet des visites en famille. Le bruit que fait un dimanche en province est à peine audible. Il est comme l'intervalle de silence entre la chute d'une goutte d'eau dans l'évier, et la chute de la goutte d'eau suivante. Le dimanche laisse s'épanouir l'ennui que la fièvre des travaux a chassé du restant de la semaine. Un enfant qui s'ennuie n'est pas très loin du paradis : il est au bord de comprendre qu'aucune activité, même celle, lumineuse, du jeu, ne vaut qu'on y consacre toute son âme. L'ennui flaire un gibier angélique dans le buisson du temps : il y a peut-être autre chose à faire dans cette vie que de s'y éparpiller en actions, s'y pavaner en paroles ou s'y trémousser en danses. La regarder, simplement. La regarder en face, avec la candeur d'un enfant, le nez contre la vitre du ciel bleu derrière laquelle les anges, sur une échelle de feu, montent et descendent, descendent et montent.

Il y avait un judas dans la porte d'entrée de ma maison : une ouverture grillagée, grande comme une boîte d'allumettes familiale, donnant sur la rue. Quand le dimanche mes parents s'absentaient, je ne sortais pas. J'allais dans ma chambre. J'ouvrais un livre. Je regardais les fourmis des lettres avancer par colonnes dans le désert de la page, porteuses de miettes de lumière. Je finissais par me lasser de ce spectacle et je venais coller mon visage au métal froid du judas. De l'autre côté, le fleuve de la rue roulait ses passants – à peine un par heure le dimanche. Je regardais les platanes en face, l'église Saint-Charles derrière eux et le ciel nimbant le tout de son bleu puis de son rose. J'étais au cœur de l'ennui, là où plus rien n'est ennuyeux. Ce que je voyais dans le ciel était plus grand que tous les empires de l'Histoire.

L'ennui est un petit balai de genêts manié par un ange pour chasser la poussière de nos désirs. En la vidant peu à peu, il éclaircit la chambre de l'âme.

Parfois Dieu m'appelait au parloir. Une lumière me chuchotait quelque chose de bouleversant et c'était déjà la fin de la visite. Je regagnais ma cellule en traînant les pieds sans voir que le gardien qui me raccompagnait n'était autre que moi-même.

À qui vient du dehors, Le Creusot présente son visage de brute : un marteau-pilon à vapeur, comme le presse-papiers d'un géant oublié là, à l'entrée sud de la ville. Il servait jadis à forger des blindages pour la marine. Sa puissance était doublée par le velours d'une extrême délicatesse : ce marteau qui aplatissait l'acier le plus dur pouvait aussi bien fendre une coquille de noix sans en écraser le fruit. Personne n'est aussi délicat qu'un ogre. C'est dans cette ville qui a choisi pour emblème un marteau-pilon de cent tonnes que m'a été révélée l'existence d'une chose incroyablement légère et silencieuse, arrivant du fond du temps vers nous, portée par des ailes d'une aveuglante blancheur.

J'ai grandi dans une ville où, pendant deux siècles, pour gagner son pain, il fallait aller le chercher dans la gueule rougeoyante des hauts-fourneaux. L'usine recouvrait tout.

Même les moineaux étaient aux couleurs des Schneider. Un empire aussi puissant est équivalent à un désert : le cœur s'y simplifie, l'âme s'y aiguise. Cette ville réputée pour la brutalité et le vacarme de son industrie fut pour moi aussi paisible qu'un monastère dont, pendant mes vingt premières années, je n'ai habité qu'une toute petite partie – une chambre et une cour grise que des hortensias éclairaient sourdement de leurs vapeurs bleues. L'éclat du ciel réverbéré par leurs pétales est mon plus profond souvenir. Cette lumière bleutée entrait au matin comme une reine dans ma chambre de petit pénitent.

Cette ville est un géant allongé dans une plaine. Ses bras lancés loin de son corps, sa tête posée sur une colline, il dort, écrasé par deux siècles de labeur. Les rêves qu'il enfante sont en acier trempé. J'ai grandi dans une poche du gilet de cet homme. Chaque nuit je sentais sa respiration encombrée, les battements cardiaques du marteau-pilon, mais ce n'était pas cette terre, cette usine et cette histoire qui m'étonnaient. C'était le ciel et la très pure idée de la vie qui vient quand on le contemple à temps perdu. À peine a-t-on tourné la tête qu'il a déjà changé de couleur et de forme, comme un enfant qu'on ne pourrait laisser un instant sans surveillance.

J'ai toujours en moi la sensation vive de l'éclat argenté des nuages qui passaient au-dessus de la cour, des croisillons de bois vert tendre auxquels s'accrochait un rosier souffreteux entretenu par le voisin, et du temps surtout, du temps qui coulait devant mes yeux sans m'emporter.

Dans les années soixante, l'usine à midi et à six heures, toutes sirènes hurlantes, relâchait ses esclaves. Pendant cinq minutes il y avait sur le pont reliant deux quartiers de la ville, une foule d'ouvriers à vélo. Puis le nuage en bleu de chauffe se déchirait, s'effilochait en petites particules individuelles qui disparaissaient dans les maisons. La ville pouvait alors revenir à sa mélancolie native. On lit merveilleusement en de tels lieux : un pacte se noue entre l'âpreté silencieuse de la vie et la douceur inouïe de quelques mots sur une page.

La nuit, la chute de plaques de fer dans l'usine illuminée faisait vibrer la Voie lactée, menaçant de décrocher les étoiles. On eût dit qu'une ménagère rangeait des piles de draps en acier au fond d'une armoire. Les jours fériés, un grand silence visitait chaque rue.

Le vacarme des tôles laminées résonnant dans la ville me parlait d'une histoire si lointaine qu'elle semblait irréelle. L'usine n'était pour moi qu'une rumeur que chassait le tintement de mes billes : je montais en haut de l'escalier de la cour et je regardais les agates – avec les flammes azurées captives de leur verre – rebondir jusqu'en bas. Parfois une bille s'égarait mystérieusement. Je la cherchais pendant des heures, je ne la retrouvais pas. Elle avait dû rouler loin, plus loin que la cour ou les rues de la ville, jusque dans la chambre de cristal du paradis, comme tout ce qui nous donne de la joie avant de disparaître à jamais.

J'ai toujours eu du mal à aller dans le monde. Celui-ci commençait dès le franchissement du seuil de la maison familiale : je faisais un pas dehors et j'étais déjà à l'étranger. Ce mal a fait que je suis resté plus de cinquante ans dans la même ville, à quelques dizaines de mètres de la maternité où je suis né. Il arrive qu'une infirmité ait une grâce pour envers. De ne jamais quitter une ville que son ancienne fortune avait ruinée m'a fait connaître la persuasive douceur des jours sans gloire.

J'avais quatre ans quand mes parents ont acheté un buffet de chêne massif dont les portes, recouvertes de loupe d'orme, réverbéraient comme un miroir la fugueuse lumière des jours. Je regardais ce meuble pendant des heures. J'étais devant lui comme devant un gigantesque livre de contes, toujours ouvert à la même page. J'y déchiffrais les drames de la lumière. En contemplant les portes vernies, mon âme sortait d'elle-même : elle se coulait dans les veines dorées du bois, aspirée par une lumière ambrée qui ne pouvait la mener qu'au paradis. Ce buffet était plus beau qu'un tableau de Rembrandt à quoi, par les griffures de ses ombres, il eût pu être apparenté. Ses angles étaient ornés de fleurs champêtres, sobrement sculptées. Il n'avait pas la prétention d'émerveiller qui que ce soit. Il ne disait pas : « Regardez-moi, je suis une œuvre d'art. » Il murmurait : « Je ne fais que mon travail. Je mets vos assiettes et vos verres à l'abri de la poussière et des chocs, je veille sur vos repas de fête avec mon uniforme de chêne et mes épaulettes de ferronnerie. » Parfois un objet de la vie quotidienne monte au ciel avant nous. Je regardais, stupéfait, les anges musclés qui, chaque fois que je tournais mes rêveries de ce côté, saisissaient le buffet par ses pieds et d'un coup le hissaient au plus brûlant des cieux.

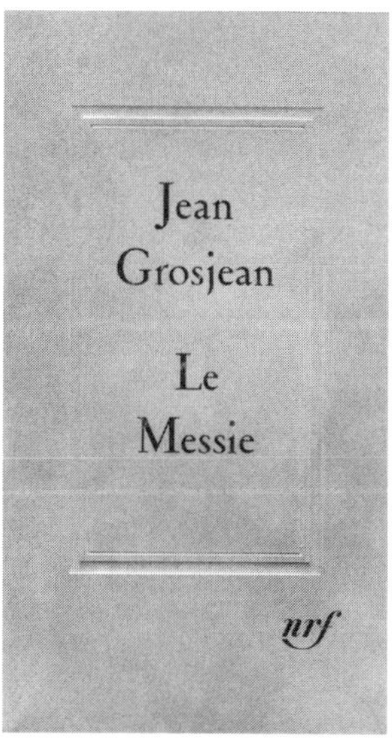

Les banquises lumineuses des nuages glissant sur le miroir d'une flaque d'eau, la lune blanche se faufilant dans ma chambre par l'entrebâillement des volets et les grondements de lumière émis par un buffet trop sage : telles furent mes icônes d'enfance. Aucune feuille d'or ne les gelait dans un cadre. Elles apparaissaient, disparaissaient, porteuses d'une joie passagère comme la vie.

Jour après jour je m'absentais dans un pays qui n'avait pas de nom, tandis que l'usine qui serpentait autour de la maison avalait sa ration quotidienne d'hommes et de chagrin. Debout devant la fenêtre, les yeux dans le ciel pur, j'attendais quelque chose ou quelqu'un. Quand on me demandait à quoi je pensais, je répondais rêveusement : « À rien. »

La pluie frappait à mes carreaux, le vent secouait mes volets. C'étaient des amis élevés à la dure et pleins de joie. Ils voulaient me délivrer. Ils criaient pour que je les rejoigne.

Devant la maison familiale, jusque dans les années cinquante, pas une semaine ne s'écoulait sans que passe un enterrement d'enfant – petit cercueil blanc de neige et cordons blancs du corbillard tenus par des compagnons du disparu. Le mort et ses courtisans suivaient la rue des Martyrs puis celle des Marbriers, jusqu'au cimetière. Le cercueil était conduit au quartier des enfants, où les menues tombes ressemblaient à des morceaux de sucre alignés sur une petite nappe de terre brune. Ce quartier échappait à l'usine. C'était une concession dont le ciel était le seul employeur.

C'est dans l'étincellement de paroles vraies que je découvrais une autre vie possible, cachée dans cette vie même. Cette vision très vite se refermait. Chaque fois qu'on m'emmenait dans de la famille éloignée, j'étais saisi par une angoisse semblable à celle qui vient aux bêtes qu'on mène à l'abattoir, quand elles ont l'intuition foudroyante qu'elles ne reverront plus jamais le ciel changeant et les herbes parfumées : la convention – cette interdiction faite à l'âme de respirer – régnait. Les paroles comme des mouches s'agglutinaient sur le ruban collé des convenances. Les cadeaux pesaient comme de la fonte. Les repas duraient des siècles. La vie était une mendiante que des serviteurs avaient la consigne de laisser à la porte. C'était comme si on m'avait enlevé le cœur pour le poser sur une plaque de marbre froid – et l'oublier là. Je pensais à la solitude de ma chambre comme à un paradis que je ne reverrais plus. Je me demande comment j'ai pu survivre à tant d'absence. Du fond de leur cercueil les morts devaient connaître plus de fantaisie que je n'en trouvais dans ces salles à manger où j'ignorais quel bois était le plus dur, celui des tables basses ou celui des visages.

Un rayon de soleil sur un coin de table me donnait plus de joie qu'à Napoléon l'annonce d'une victoire sur une armée ennemie.

L'église Saint-Charles avec son corps de briques et de ciment, est splendidement dépourvue de charme. Une barrière métallique ceinture cette usine céleste, la protégeant de la rue. J'ai passé des heures dans mon enfance à contempler l'écriture en *m* de cette barrière et à m'en réjouir. C'est derrière elle qu'un soir d'octobre, à huit ans, j'ai découvert l'existence indéchiffrable du mal. Je revenais de l'école. Je n'avais plus que quelques mètres à faire avant de rentrer chez moi quand j'ai surpris des enfants, à peine plus âgés que moi, s'acharnant sur un des leurs, dans cet espace que j'imaginais sacré entre la barrière et l'église. Les injures avaient dû s'épuiser avant ma venue. Je vis un enfant en empoigner un autre et le plaquer contre le mur, tandis que le reste de la bande se disposait autour de lui en demi-cercle. Je devinais la joie mauvaise courant sur les visages de plomb des assaillants. L'orage des coups éclata sans bruit. Le silence des agresseurs et celui de leur victime qui tombait au ralenti donnaient à cette scène crépusculaire l'éclat d'une icône

noire à quoi s'opposait, sans l'affaiblir, la chaude lumière jaune que je voyais aux fenêtres de ma maison. Je me suis précipité chez moi avec ce mystère : on pouvait aimer faire le mal, à l'ombre d'un Dieu dont on était sûr qu'il n'interviendrait pas. Aujourd'hui encore, quand je regarde l'église Saint-Charles, je remets en marche toute la scène et je vois un Christ enfant s'effondrer en silence sous la jubilation des coups, devant une église morne.

Les nuits d'hiver, l'église semblait une montagne noire. Son ombre se détachait d'elle comme une énorme pierre. Dès sept heures du soir elle était fermée. Même le Christ eût cogné en vain à son portail. Il n'aurait réussi qu'à ensanglanter ses mains. Mieux eût valu pour lui chercher refuge dans un des couloirs innombrables de cette ville, menant de la rue à un potager ou à une cour dans laquelle, sur une marelle dessinée à la craie, la lune sautait à cloche-pied.

Parce que Dieu est le plus faible, il lui faut se mettre à l'abri de notre force et l'univers n'est fait que de ses cachettes. C'est derrière la petite flamme sautillante du rouge-gorge et dans la lassitude qui ravine les yeux des pauvres qu'on le devine le plus.

Pour les leçons de catéchisme il fallait se lever plus tôt que d'habitude, se serrer en troupeau dans une salle sans grâce, où le prêtre jetait sur nous les seaux remplis de lumière de l'Évangile : on sortait de là piaillant, criant, trempés par un invisible dont nous ne comprenions pas le langage. Qui le comprend ? C'était comme une école à la fois plus ennuyeuse et plus vivante que l'autre – une énigme. Un récit d'un évangile m'avait ébloui, celui d'un homme paralysé que l'on veut présenter au Christ pour qu'il le guérisse. Mais la foule se presse autour du Christ au point de le rendre inabordable, invisible – comme ces abeilles plaquées par centaines sur un rayon de miel. Les amis du malade imaginent alors de passer par le toit de la maison où le prophète enseigne, d'enlever les tuiles une à une et de faire glisser le paralysé sur son grabat jusqu'aux pieds du Christ. Je rêvai pendant des mois à cet homme descendu d'un toit, à qui une simple parole rendait ses jambes.

J'ai été, dans l'enfance, lecteur de l'Évangile à la messe du dimanche. J'assistais à l'office assis dans le chœur, jusqu'au moment où je m'avançais devant l'autel et lisais à voix forte dans une grosse bible dont la couverture d'un rouge congestionné, quand le prêtre l'élevait au-dessus de ses bras, éclaboussait de sang toute l'église. Au bout de deux mois je fus renvoyé : le prêtre me reprochait de « mettre le ton ».

Aux enfants on apprenait jadis que Dieu est dans le ciel. Mais qui leur apprendra que le ciel est sur terre, partout étincelant dans les choses simples ? Une vie sans éclat et attentive au simple est semblable à ces coings à la peau duvetée et à l'apparence rugueuse qui, mûrissant dans l'ombre, embaument l'air du cellier – comme fait le corps d'un saint après sa mort.

Dans le soleil de juin, des premiers communiants à la démarche un peu raide d'automates peints en blanc sortent de l'église. Je suis l'un d'eux. Je porte une aube dont je garderai le capuchon relevé jusqu'au soir, comme une petite maison de neige qui m'isole du monde. Sur une photographie prise ce jour-là je serre mes mains gantées autour d'un missel à la tranche dorée, comme si j'avais ramassé une brique de lumière. À la sortie de la messe, un boulanger avait imaginé d'offrir aux communiants des brioches rondes cuites pendant la nuit. Il y a une tristesse dans le monde, jamais aussi éclatante que dans l'euphorie des vitrines : toutes ces choses qu'on nous presse d'acheter viennent en remplacement d'une seule qui est absente et ne coûte rien. Je revois l'osier des corbeilles et le soleil explosant sur les brioches bombées. C'était comme une dernière leçon de catéchisme murmurée par un ange sur un ton gouailleur : le paradis, c'est donné.

Le soleil avait planté son épée d'or dans la mousse du chemin de Brandon. Avec les poings serrés du songe, je l'ai arrachée et ramenée dans ma chambre.

Je rêve d'une bonté qui soit aussi prégnante que le mal.

Un fou, c'est quelqu'un qui a laissé la souffrance prendre sa place.

« Ta grand-mère est chez les fous. Ils l'ont attachée avec des draps. Elle se débat toute la journée sur une chaise. » Celui qui me parle ainsi en riant est mon grand-père, époux de celle que j'imagine aussitôt momifiée de blanc, hurlant sans qu'un seul bruit sorte de sa bouche. J'ai huit ans. Les paroles que je viens d'entendre ont donné à la cuisine où je me trouve une lumière atomique, carcérale. Mes parents sont allés au cinéma, mon grand-père me garde pour la soirée. Il n'y a aucune méchanceté chez cet homme. Les pires catastrophes ne sont pas engendrées par des hommes mauvais mais simplement faibles ou inconscients. Après avoir répondu à ma question : « Où elle est ma grand-mère ? », il se remet à tirer des bouffées de sa pipe. Quand il aura fini de fumer il me dira d'aller au lit. J'ai pris l'habitude, les soirs où il me garde, de le presser de remettre une pincée de tabac dans le fourneau de sa pipe. Ainsi j'arrive à prolonger la veillée : je crains le noir de ma chambre. Le sommeil est une ville peu sûre. Mais ce soir-là je ne chercherai pas à retarder l'heure du coucher. J'entrerai dans ma chambre avec, dans mon cœur, cette image comme sortie d'un terrible livre de contes : un vieil homme éclatant de rire devant une démente ligotée sur une chaise. Ma grand-mère avait été internée bien avant ma naissance. J'ignorais jusqu'à ce soir où elle était. Dans ma famille on ne parlait pas des choses graves. Parfois quelqu'un s'en allait plus loin que la mort. Le nom de l'absent n'était plus jamais prononcé. À l'usine il arrivait qu'un ouvrier tombe dans une cuve d'acier en fusion. On ne retrouvait rien de lui. C'étaient des disparitions aussi parfaites qui gouvernaient les conversations familiales.

Je n'ai vu ma grand-mère par la suite que trois fois, dans un des nombreux hôpitaux psychiatriques où elle a séjourné : une petite femme avec un regard très fin sur ceux qui, parce qu'ils lui rendaient visite, s'apprêtaient à l'abandonner une fois de plus. La dernière fois c'était à Autun : deux employés des pompes funèbres la sortaient d'un tiroir en hauteur pour la mettre dans son cercueil. Elle avait cette dignité impériale qu'ont tous les morts : le chambellan qui se tient derrière la porte en chêne de l'éternel l'avait réintroduite dans la gloire paisible de son âme. La route qui va en lacet d'Autun au Creusot où elle devait être enterrée traverse une forêt du Morvan. Les grands sapins murmurèrent quelques paroles de neige à celle qui avait passé toute sa vie à être absente.

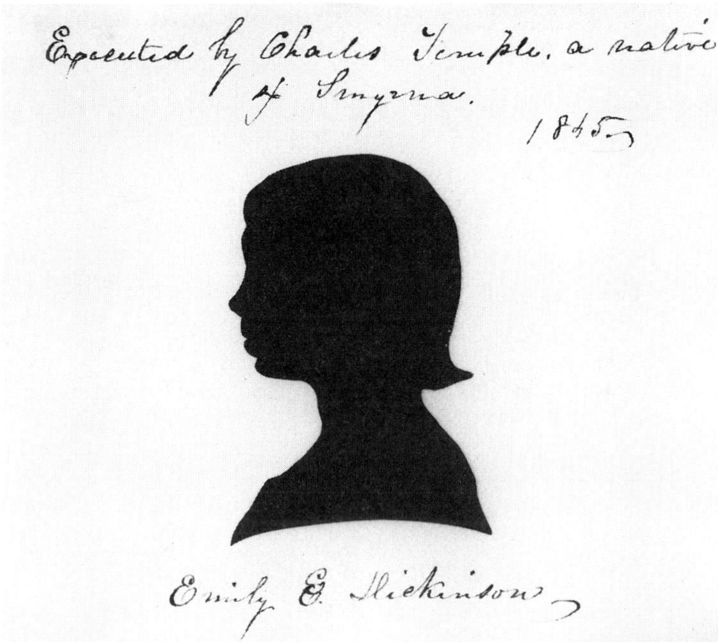

Un lieu où l'on ne parle de l'essentiel qu'à nos dépens : ce lieu était le monde et j'appris son nom dans ma famille. J'ai ainsi reçu une gifle, un jour, pour avoir confondu un enfant mort avec un autre bien vivant. J'étais avec mon père. Il aidait au déménagement de gens qui vivaient dans un grenier. J'avais sept ans. Je découvrais de quelle gloire secrète était faite la pauvreté. Elle m'apparut ce jour-là comme un royaume de bois et de soleil, peuplé des seuls biens nécessaires : un lit, une table, des chaises et un peu d'amitié entre les gens. Je vis sur un mur l'image d'un enfant qui me parut être mon frère Gérard. Je le dis à voix haute et riante. En une seconde on parle parfois trop : une gifle de mon père vint répondre à mon affirmation : l'enfant qui ressemblait à mon frère était un fils de la famille que nous aidions à déménager, mort depuis peu de temps. La gifle venait pour empêcher d'autres paroles qui eussent accru la tristesse que ma petite joie avait réveillée.

Jadis au Creusot il y avait des mines. Pour être avertis de la présence de gaz, les mineurs emmenaient avec eux au fond des galeries quelques oiseaux chanteurs. En vivant dans une ville où l'on avait arraché des oiseaux à l'azur pour les plonger dans le noir et dans une famille où l'on jetait du silence sur les plaies des âmes, j'appris à ne désespérer de rien. Il pouvait toujours se trouver un trésor au fond des ténèbres. Rue des Mésanges, rue des Hirondelles, rue des Alouettes, rue des Pinsons, rue des Moineaux : sur les plaques émaillées des noms de rues, peut encore s'entendre le chant des oiseaux sauveteurs.

On ne trouvera pas Le Creusot dont je parle sur une carte – seulement dans l'invisible où je vis.

Mon père avait mille bras : on lui demandait toutes sortes d'aides, même pour la toilette des morts. Il venait toujours. Une fois par an il tenait une buvette à une soirée organisée par une association charitable. Cette soirée était étrangement nommée « le bal des paralysés ». Je n'y ai jamais assisté. Il n'en reste aujourd'hui que ce nom étincelant de beauté grimaçante. À celui qui ne pensait pas possible d'écrire sur la lumière du Creusot, je pourrais répondre : cette ville est une forteresse de poésie. Elle va comme une brute à l'essentiel de la beauté qui est la vie seule et suffisante, la vie ordinaire, parfois paralysée et malgré tout dansante.

Je n'ai pas vraiment de pays natal. Je ne suis pas plus d'ici que le grésil de neige ou le pollen d'acacia qui danse dans les rues de cette ville majestueusement pauvre. Dieu m'a mis au Creusot pour que j'y compte les brins d'herbe. Le jour où il le décidera, j'irai ailleurs. Le Creusot n'est pas le seul puits de beauté dans ce pays. J'ai entrevu des grâces barbares dans le ciel des villes punies, au nord de la France : des combats d'anges au-dessus de terrains vagues, des poèmes placardés par le soleil mourant sur des murs de briques orange. C'est le compas de la pauvreté qui à chaque fois dessine le cercle de la grâce. Nos jardins en guenilles, nos usines désaffectées et nos espérances dissoutes permettent à la douceur du ciel de nous atteindre.

Les plus beaux jardins sont les plus abandonnés. Il s'en trouve un tout près d'ici, dans la rue Traversière. Les chats soupçonneux du quartier y dorment au sein des herbes hautes. Une voisine les nourrit, pour laquelle ils ne montrent aucune gratitude. Elle est pour eux la main de Dieu. Cet arpent de terre ceinturé d'immeubles ne donne ni fruits, ni fleurs, ni légumes – seulement des baies de lumière que les moineaux négligent de grappiller.

Sous ma chambre il y avait une cave. Mon père y descendait quelquefois pour tuer et dépecer un lapin acheté au marché. La mort venait à l'animal par un seul coup sur la nuque. Puis mon père incisait la fourrure et en une seconde la retournait comme un gant dont je découvrais sidéré l'envers de soie rouge, brillant sous la lumière de l'ampoule au centre de la voûte : le gris de la fourrure était devenu du rubis. La franchise de la mort et la révélation de la face flamboyante du monde, c'était tout un. Il n'y avait pas à choisir. Plus tard je retrouverai chez Dürer cet art d'inciser la vie avec le burin du graveur, de manière à faire apparaître les trognes des anges et la vérité sanguine des âmes.

J'ai toujours dû la vie à ce que je voyais de pur. Si nous savions regarder le réel de chacun de nos jours, nous tomberions à genoux devant tant de grâce. Dans un fossé du parc de la Verrerie, quelques myosotis triomphent des ténèbres par l'innocence de leur bleu et leur enfantine soumission aux ordres contradictoires du vent. Ces petites fleurs ne semblent flotter sur aucune tige, comme un ciel second égaré parmi nous. Un regard aimant sur elles et elles sont délivrées, remontant aussitôt au ciel premier à l'intérieur duquel – selon le prophète Hénoch – les anges forgent leurs épées et leurs cuirasses. Me croira-t-on si je dis que les myosotis sont plus beaux de fleurir au Creusot à l'ombre des usines asthmatiques ? C'est un même secret que la grâce et l'infortune, une même vue donnée sur l'éternel par la puissance et la douceur.

Pour un Noël mon père m'avait offert un petit établi de menuisier. Sans doute se réjouissait-il à l'avance de voir les copeaux – comme les boucles de cheveux d'un angelot de bois – jaillir de mes mains sur le rabot. Mais j'ai dès le premier jour renversé l'établi, mis ses pieds en l'air et suis monté à l'intérieur, m'imaginant être sur un cheval qui m'emportait dans le ciel pâle, galopant de merveille en merveille.

Beaucoup de très belles choses nous attendent, sans jamais s'impatienter de ne pas nous voir venir.

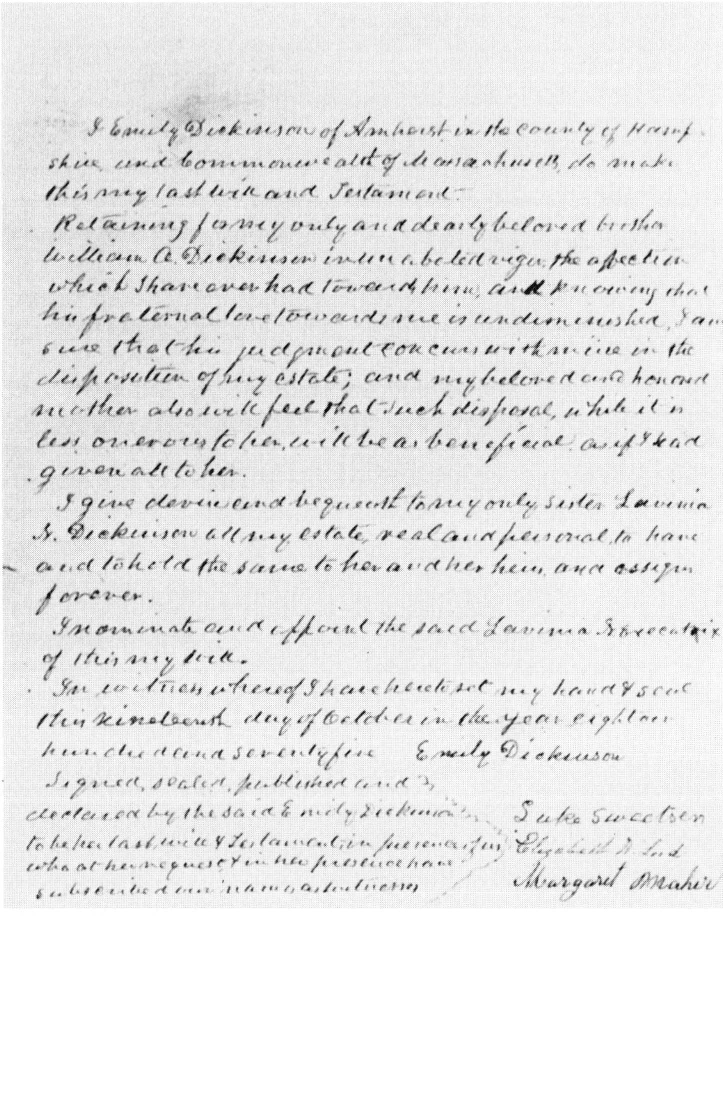

I Emily Dickinson of Amherst in the County of Hampshire, and Commonwealth of Massachusetts, do make this my last will and Testament.

Retaining for my only and dearly beloved brother William A. Dickinson in unabated vigor, the affection which I have ever had towards him, and knowing that his fraternal love towards me is undiminished, I am sure that his judgment concurs with mine in the disposition of my estate; and my beloved and honored mother also will feel that such disposal, while it is less onerous to her, will be as beneficial as if I had given all to her.

I give devise and bequeath to my only sister Lavinia N. Dickinson all my estate, real and personal, to have and to hold the same to her and her heirs and assigns forever.

I nominate and appoint the said Lavinia N. executrix of this my will.

In witness whereof I have hereto set my hand & seal this nineteenth day of October in the year eighteen hundred and seventy five

Emily Dickinson

Signed, sealed, published and declared by the said Emily Dickinson to be her last will & Testament in presence of us who at her request & in her presence have subscribed our names as witnesses

Luke Sweetser
Elizabeth H. Lord
Margaret Maher

Le paradis c'est d'être là.

Sous le joug de l'été, dans une chambre barricadée d'ombre, cernée par des soleils casqués, je lisais. Par la porte entrebâillée des livres, une brise passait, soulevant mon âme et la décollant du monde. Parfois, l'imprévisible beauté d'une phrase, brisant net ma lecture, me faisait regarder par la fenêtre. Je découvrais dans le ciel une lumière dont la splendeur, en m'ignorant, me donnait à voir toute la vie avec ses arrière-mondes. Je cherchais de l'air, voilà toute mon histoire. Je compris très tôt que nous ne sommes jamais abandonnés. Cette pensée était dans mon cœur comme un brin de lumière tombé du bec d'un moineau. Ce brin faisait tout mon nid. Je compris aussi très vite que l'aide véritable ne ressemble jamais à ce que nous imaginons. Ici nous recevons une gifle, là on nous tend une branche de lilas, et c'est toujours le même ange qui distribue ses faveurs. La vie est lumineuse d'être incompréhensible.

Mon ange, lui, m'enfermait à la maison. Sa manière de m'aider était de tout m'interdire. Il parlait plus vite que ma conscience ou même que mon instinct, toujours par négations : ne va pas là, ne parle pas à celui-ci, reste chez toi. Chacune de ses propositions élevait un mur de plus dans le labyrinthe où j'avançais à tâtons, certain d'en découvrir un jour la sortie et que celle-ci me serait annoncée par une légère brise, un parfum de jacinthe, une parole charitable.

C'est le même ange qui m'enfermait dans cette ville aux usines dormantes, et qui me donnait à voir la grâce aérienne de la vie. C'est le même ange qui verrouillait ma porte et délivrait mon âme. Il n'y avait devant moi, à perte de vue, que le monde des conventions, c'est-à-dire que la nuit la plus noire – sauf ce petit soleil jaune que je devinais au loin, moins gros qu'une tête de pissenlit, un de ces soleils tournoyants des feux d'artifice. Un jour ce point minuscule grandira d'un seul coup et avalera la nuit et le monde – ce qu'on appelle « mourir ». Les anges ne vieillissent pas. Encore aujourd'hui il m'arrive au dernier moment, la main sur la poignée de la porte, de renoncer à sortir – comme si on m'avait murmuré à l'oreille que rien n'était plus sage à cet instant que de rester à la maison. Entre moi et ma mort il y aura encore beaucoup d'erreurs, aucune ne me sera épargnée, mais je sais que mon ange sera toujours là, celui qui pour me faire vivre me rendait la vie impossible.

L'hiver m'était secourable avec le grand pardon de sa neige couvrant le monde. Quand sa blancheur engloutissait

Le Creusot pendant mon sommeil, je découvrais au matin des rues exténuées de bonté et des usines féeriques d'où sortaient en silence des locomotives de neige.

Entrant dans le parc enneigé de la Verrerie, j'ai eu la sensation de grimper sur un escabeau de neige haut de dix centimètres qui me rapprochait du ciel.

Je veux être enterré dans un flocon de neige.

Un papillon peut sauver une vie. Ma chambre donnait sur une cour où des hortensias, dans l'ombre qui leur est favorable, proposaient leurs vibrations bleues. Quand je voyais un papillon blanc voleter au-dessus des fleurs, hésitant, cherchant son chemin dans un labyrinthe d'air, se cognant à des murs invisibles et soudain s'élevant très haut dans le ciel, j'étais aussitôt guéri de toute mélancolie. La lumière vagabonde de ses ailes qui venait me délivrer m'enchantait. Ce crépitement du blanc au-dessus des fleurs bleues, comme une suite d'étincelles dans une cuve remplie de gaz, faisait exploser la cour qui devenait un puits de feu. Une telle expérience peut certes être vécue partout mais jamais mieux que dans une ville pauvre, persuadée de sa propre insignifiance. La prétention empêche de voir plus loin que soi. Chaque jour quelque chose venait ainsi pour me sauver, porté par de légères ailes de feu. Dans la guerre depuis toujours menée entre notre âme et les ténèbres, un papillon peut nous aider à remporter la victoire.

Quand les enfants naissent, ils sont aussi pénétrés de l'éternel qu'un vieil ermite. C'est peu à peu, usés par les fausses nouveautés de la mode et du monde, qu'ils perdent toute leur science. Il faudra ensuite beaucoup d'années pour retrouver ce qui était donné d'emblée, et que reviennent les anges dont les ailes, brassant l'air, faisaient scintiller des ruisseaux de souffles autour des nouveau-nés songeurs. Une intuition m'était restée de ces premiers temps : on ne sort d'une impasse qu'en la contemplant jour et nuit – comme si elle était l'ouverture la plus grande possible. Je ne comprenais pas ce que je vivais. J'étais dans mon isolement comme un ver luisant dans son fossé. Je sentais que quelque chose suivait son cours, que je ne devais surtout pas interrompre. Moins je bougeais et plus ce qui m'entourait me révélait ses mouvements secrets : la courette devant ma fenêtre était le centre d'un tourbillon de soleils et de lunes.

Les torses des nouveau-nés sont moulés d'une pièce dans les forges du Seigneur, comme les armures des légions romaines.

Marchant sans trêve dans la rotonde en briques rouges de mon cœur, je fis plusieurs fois le tour de ce monde. J'en revins convaincu que rien n'était plus grand que cette cour minuscule avec les roses lasses qui appuyaient leurs têtes sur le montant de l'escalier, et les hortensias dont le bleu irradiait d'intelligence comme une note en bas de page d'un livre saint. Est-ce qu'une expérience peut servir à quelqu'un d'autre qu'à celui qui l'a faite à ses dépens ? Est-il une autre raison d'écrire que de dire : voici ce que j'ai vécu à la place où j'étais, voici comment Dieu, qui se penche au carreau de nos yeux pour voir ce que ça fait de vivre une vie humaine, a passé plusieurs dizaines d'années au Creusot sans sortir, à regarder par une fenêtre les autres dieux jouer au ballon dans la rue – et par l'autre fenêtre à compter les nuages briochés qui passaient au-dessus de la cour ? La trop brutale énergie que nous mettons à vivre fait tomber entre la vie et nous un rideau de sang rouge. Mon immobilité me découvrait ce que ce rideau cachait, l'énigmatique éclat des jours sans histoire.

J'ai été moineau et archange, j'ai habité dans le feuillage d'un platane et le velouté d'un nuage, j'ai déménagé des milliards de fois sans jamais sortir de chez moi.

Plus tard j'apprendrais l'existence merveilleuse des béguinages – ces maisons où, au douzième siècle, se retiraient des femmes qui ne voulaient appartenir ni au monde, ni à l'Église. Dans ces maisons ouvrières pour les anges, avec un jardin pas plus grand qu'une larme, je reconnaîtrais mon berceau. À Bruges, dans la chapelle du béguinage, la bonne sœur s'envolait avec la corde de la cloche. Dans ma petite cour, un rayon de soleil descendait parfois. Je m'y m'agrippais, faisant se balancer dans les nuées une cloche à laquelle on avait enlevé son battant.

Il faut renoncer à être heureux pour entrer au paradis.

J'ai vécu plus de cinquante ans dans une ville dont bien des quartiers me restent encore inconnus. J'y suis comme dans un livre rigide à la couverture rouge de la collection Hetzel : dussé-je y passer le restant de mes jours, je n'en connaîtrai jamais la fin et n'en aurai vu que les premières vignettes.

Quand j'étais enfant, le parc de la Verrerie était la propriété de la famille Schneider : aucun manant n'y entrait. Nous n'avions pas de voiture pour aller à la campagne. Je n'avais pour contempler la nature – qui est la face de Dieu rêvant – que les herbes folles fissurant par leur gaieté le ciment du trottoir de ma rue, et les pâquerettes des jardins ouvriers, ces petites collégiennes en col Claudine bavardant dans un pensionnat d'herbe verte. Cela me suffisait. J'étais si éloigné de tout que les rares fois où je sortais dans la rue, j'étais submergé. J'assistais à la création du monde sur un mètre carré de trottoir. J'étais soûlé de lumière, je recevais en quelques instants bien trop d'offrandes de l'invisible.

Tout ce qui m'apparaissait sortait du néant et s'illuminait en s'arrachant à ce fond. Les nouveau-nés doivent être la proie de semblables visions : quelque chose se détache de la nuit du monde et s'enflamme en s'approchant d'eux, comme le visage d'une mère incendié par son souci.

En sentant la brûlure de l'air sur mes joues, je découvrais la profondeur de mon retrait. Le ciel, pour délivrer le captif que j'étais, dépêchait sans cesse vers moi des armées d'anges. La plupart mouraient en route. N'arrivaient à ma fenêtre que les restants d'une avant-garde lumineuse, des ambassadeurs célestes en loques. Le bleu craintif des hortensias et la pourpre craquelée des feuilles de platanes décoraient leurs poitrines comme des médailles.

La nature a toujours été complice de mes fugues. L'échelle de corde qui me servait pour mes tentatives d'évasion était tressée de songes mais aussi de lierre et de chèvrefeuille. À quatre ans, une petite voisine m'avait convaincu d'aller rendre visite à son grand-père, dans une ferme aux limites du Creusot. Nous sommes partis main dans la main sans prévenir nos parents. Les heures ont passé. Les familles se sont inquiétées, les gendarmes ont été alertés. Le Creusot est la plus grande ville du monde pour des jambes de quatre ans. J'en vins quand même à bout. Quand nous avons été repris, un orage s'approchait dans le ciel, comme un juge en robe noire apportant le verdict de la foudre. J'étais arrivé au bout du monde pour y contempler un pré en friche et une vache tournant vers moi deux yeux étonnés que la lumière éternelle lustrait. Le sabot de la vache se posait dans la boue plus divinement que le soulier d'une jolie femme sur un parquet. Cette vache était le premier ange que je rencontrais. Il y en eut beaucoup d'autres ensuite, à chaque fois différents. Ils me révélaient la secrète bonté qui fait tenir toute chose. Ils ne ressemblaient jamais aux jeunes aristocrates ailés, vêtus de blanc, des lourds livres d'art. Ils pouvaient prendre la forme d'un bourgeon, d'un rouge-gorge, d'une parole, et plus souvent encore d'une épreuve : la vérité, avant de me réjouir, a toujours commencé par me défaire. Ce soir-là, je fus mis au lit et au pain sec. Au petit matin, ouvrant sans bruit mes volets, j'enjambai la fenêtre et m'apprêtais à repartir. Je fus repris aussitôt dans la cour. Ce fut ma dernière évasion officielle. Les années ont passé, j'ai parfois quitté Le Creusot, mais je ne suis jamais allé aussi loin que le jour de la vache. Quand je veux voir le bout du monde, je regarde le bout de mes souliers.

J'ai longtemps vécu dans un appartement sur une colline dite « montagne des boulets ». J'y regardais le ciel par une baie vitrée que je n'arrivais jamais à nettoyer complètement.

Le Creusot m'a appris à me satisfaire de tout.

Pendant plusieurs dizaines d'années, je n'ai eu qu'une meurtrière pour voir la vie : un rectangle ouvert sur le ciel pur. Ma vue s'est faite à cette exiguïté : j'appris à trouver dans le vol aigu d'une hirondelle ou dans l'interminable dérive d'un nuage les nourritures nécessaires à ma joie.

Un panier d'osier suspendu au bout d'une corde, rempli de provisions, tiré jusqu'à la fenêtre d'un donjon : je ne sais plus d'où vient cette image, si elle illustrait la vie d'un monastère grec où les moines vivent dans des nids d'aigle, naviguant dans le ciel sans jamais toucher terre, ou si elle se trouvait dans un roman d'aventures. Peu importe : j'ai passé mon enfance à lancer ce panier puis à le faire revenir à moi : il était toujours garni de merveilles. Un rouge-gorge comme une étincelle jaillie des hauts-fourneaux divins, un livre rempli de neige, un ciel en friche envahi de lumières folles – j'avais de quoi tenir un siège qui s'annonçait très long.

Parfois on apportait de l'eau fraîche au petit prisonnier : une fois par semaine ma sœur Danielle passait la soirée dans une salle paroissiale où il y avait une bibliothèque. Je luttais contre le sommeil pour découvrir à son retour les livres qu'elle avait choisis pour moi. Un coup d'œil sur les titres et les images des couvertures, et je m'endormais au seuil du paradis.

Je m'appuyais sur ma faiblesse pour renverser l'ange qui campait devant ma porte, m'empêchant de disparaître dans le grand anonymat des enfants de la rue : dans ce qui aurait dû m'assombrir, je dénichais un soleil. Je sentais que je ne trouverais de l'aide qu'à condition de n'en chercher aucune. Je ne résistai donc pas à mon geôlier et je lui obéis en refusant toutes les invitations. Mon père un jour s'en inquiéta. Pour me sortir du cachot d'un dimanche il m'emmena à un match de rugby. Il n'y allait jamais lui-même. Au stade Jean-Garnier je ne vis rien de ce qui faisait hurler les gens, les amenant régulièrement à se lever des gradins de ciment sur lesquels ils étaient assis. Je ne bougeai pas pendant tout le jeu. Je ne vis que des dos.

Le jour de la Fête-Dieu, le quartier Saint-Charles disparaissait sous les fleurs. Les vitrines des magasins étaient recouvertes d'un drap blanc sur lequel étaient piquées des fleurs fraîches. Les rues étaient jonchées de pétales. Les gens marchaient sur leur innocence, enivrés par le lourd parfum des lys et des roses qui dégringolaient des balcons, inondaient les trottoirs, assommant les rues de leur lumière bientôt flétrie. Je regardais le cortège des fidèles, j'écoutais les prêtres exaltant par leurs chants mâles le dieu si fragile des fleurs coupées. Plus que la tapisserie florale des rues m'impressionnait l'étrange nom de « Fête-Dieu ». Il ouvrait dans le langage quotidien une brèche par laquelle je croyais entrevoir la splendeur abandonnée des invisibles qui nous entourent. J'ignorais alors que rien n'est plus près du ciel que le banal et que le vrai Dieu est celui que l'on méprise et pour lequel on ne pavoise pas les rues.

Certaines gens traversaient cette vie en portant le deuil de leur âme – comme un brassard noir mis autour de leur parole. Ils régnaient sur le monde et n'étaient jamais aussi terribles que lorsqu'ils en organisaient les fêtes. J'aimais les gens quand je pouvais tenir leur visage face au mien, seul à seul. Ce qu'ils faisaient en groupe m'effrayait. Mon retranchement me protégeait d'eux.

La salle des fêtes Saint-Henri était pour moi l'endroit le plus désolé du monde. Cette désolation faisait sa gloire : la découvrir quand elle était vide me stupéfiait. Les chaises parfaitement alignées semblaient des âmes assises, attendant que vienne sur scène l'ange qui leur remettrait un prix ou leur signifierait leur disgrâce. Le plus beau d'un spectacle c'est avant qu'il ait lieu. Quand la salle était remplie, les âmes s'en allaient. Les beaux costumes, le silence soudainement imposé, la nuit tombant en une seconde sur les spectateurs, l'estrade – ces quelques centimètres de bois qui changent les hommes en dieux : tout semblait méthodiquement tourné vers le surgissement d'un miracle mais rien ne venait jamais que l'enfantine féerie de comédiens effarou-

chés. Il y a bien moins de miracles sur une scène que dans la vie ordinaire. J'ai vu un rosier en feu dans les yeux des vieillards abandonnés dans le couloir de la maison de long séjour du Creusot, quand la porte de l'ascenseur s'ouvrait sur un de leurs enfants : aucun spectacle ne m'a jamais autant coupé le souffle.

Les vraies proportions de cette vie – qui pour sa part essentielle est invisible – ont été trouvées par les peintres de l'art roman : une chapelle tient dans la paume d'une main, un livre peut être aussi large que le ciel – et rien ne sera jamais aussi vaste qu'un visage ouvert par l'étonnement d'aimer.

La sainteté m'a longtemps intéressé jusqu'à ce que je trouve mieux qu'elle : la vie de chaque jour, la simple vie sans prestige, fatiguée et ravaudée par endroits, comme un drap de coton un peu lourd qui a beaucoup servi, avec des initiales brodées de rouge. Pas si loin des usines du Creusot (à une heure ou deux en voiture) le curé d'Ars expose à l'adoration des pèlerins son corps desséché de petit garçon maigrelet. On peut visiter aussi sa maison, découvrir le sol de terre battue de sa cuisine, sa chambre avec ses livres d'écolier angélique redoublant toutes ses classes. Mon grand-père paternel était manœuvre à l'usine. Il a travaillé chaque jour de sa vie, bien après sa retraite qui n'était pas suffisante, puis il s'est couché et il est mort. Il avait le même visage de cire, creusé sous les yeux, que le curé d'Ars, mais personne n'a exposé son corps dans une châsse ni mis sous vitrine la cafetière qui chauffait sur son poêle. La vie quotidienne ne laisse guère de reliques et n'a que peu de fidèles. Sa grâce est de n'avoir affaire qu'à l'impérieuse nécessité : quand les choses se tiennent devant nous avec la même force que la mort, elles délivrent une grande lumière : l'eau dans le verre brille comme un diamant, le pain sur la table a l'éclat d'un nuage doré par le soleil couchant. De tels incendies prennent mieux dans les villes où le travail puis le chômage ont imposé leurs stigmates. Plus la vie est simple – jusqu'à en être rude – et plus elle préserve sa beauté, comme une blessure dont les bords seraient francs.

Je suis parfois mon propre mendiant : je m'assieds devant moi et je me tends la main – mais je manque de générosité et ma main reste vide.

La maison natale de mon père avait traversé le siècle sans que sa fureur y entre. Deux sœurs de mon père y vivaient, refusant toute intrusion du monde moderne. Tous volets clos, elles goûtaient à la maigre retraite que leur allouait l'usine. Il n'y avait dans cette maison que deux pièces. La première servait de cuisine et de chambre. Les casseroles étaient du début du siècle et les assiettes ébréchées, sorties d'un placard noirci par la fumée, montraient le brillant de leur plomb. Dans la seconde, une plante dont en trente ans la terre n'avait jamais été changée vivait une vie monacale sourdement lumineuse, élevant son feuillage jusqu'au plafond, à côté d'une horloge qui ne sonnait ni ne comptait plus rien. Cette maison située dans le quartier de la Villedieu était comme une forteresse éloignée de la mienne, où j'allais en visite tous les jeudis à midi. Je n'avais pas le sentiment de marcher dans des rues mais plutôt de passer un gué, d'aller d'un lieu éclairé par des visages aimés à un autre lieu où m'attendaient deux gardiennes de l'intemporel qui s'entendaient comme les deux moitiés d'une pomme – l'une plus acide que l'autre. La ville n'était qu'un désert entre deux oasis de visages. J'arrivais par la porte donnant sur le jardin. Un cerisier éclatait de joie chaque printemps, comme un représentant du ciel à boucles d'oreilles rouges. La porte donnant sur la rue était toujours fermée. Elle était surmontée d'une vitre sur laquelle les deux sœurs avaient laissé le papier huilé qu'elles avaient appliqué pendant la guerre, pour respecter le couvre-feu. La sainte lumière des jours sans grade transperçait ce papier brun, faisant de lui une irréprochable icône des jours ordinaires.

Dans le Morvan dont la lourde main de granit gantée de fougère se pose près du Creusot, à Uchon, des moines orthodoxes fabriquent des icônes. Ils peignent des madones aux robes de libellules et des christs hypnotiques portant une cape d'or aussi légère que le papier des chocolats fins ou que la couverture de survie dont les pompiers enveloppent les accidentés de la route. L'âme rêveuse, attirée par la lumière de ces images, se jette sur le bois verni et s'enflamme aussitôt. « Tu n'iras pas plus loin que moi », disent les Vierges et les Jésus dorés. « Je suis le mur du paradis, tu peux me longer et même te reposer en t'endormant contre moi, mais tu ne pourras me franchir. » J'ai longtemps été séduit par la douceur rassurante de ces visages peints. Aujourd'hui je ne me retourne plus si une sainte d'icône me siffle. Je sais que sa beauté est mensongère d'ignorer la fatigue, l'usure et la mort.

Aucune image sainte n'est sainte. Rien n'est adorable que la pauvre vie de chaque jour, tout entière remise entre nos mains. Jadis une femme qui se mariait ne pouvait plus travailler chez Schneider. Ma mère y travailla quinze ans puis elle épousa mon père. Lorsqu'elle sortit de l'usine pour la dernière fois de sa vie, son vélo volait dans les airs tellement elle appuyait sur les pédales, ivre de joie d'aller dans sa maison, ignorant qu'elle y connaîtrait bientôt, avec ses enfants, un travail bien plus épuisant que celui des ateliers. Le plus beau dans cette vie, c'est de se fatiguer pour quelqu'un sans qu'il s'en aperçoive. La jeune mère exténuée qui verse la lumière de son visage sur le visage de son enfant nouveau-né, veillant sur la profondeur de son sommeil, est couronnée par des anges las de contempler des Vierges aux yeux vides sur le bois mort des icônes.

Plus céleste que les petits soldats d'or peints par les moines, mieux armé pour défendre l'invisible, était le givre qui, deux jours durant, a transfiguré les arbres du parc de la Verrerie. Avec la minutie d'une dentellière, il entrecroisait le vide et le plein, faisait s'ouvrir des fleurs de rien au cœur de l'air, saupoudrant de blanc les pointes des feuilles de houx sans toucher à leur vert, passant un doigt de lumière sur la blancheur cassante des branches – comme sur le bord d'un verre de cristal. Tout vibrait de pureté. Tout chantait en silence. Les icônes de givre ont été visibles deux jours. Au matin du troisième jour elles commencèrent à fondre, découvrant dans leur effacement leur plus grande gloire.

Mon plus beau cadeau de Noël ce serait qu'on m'amène devant un saule pleureur couvert de givre et qu'on me dise : « Voilà, c'est pour toi. » Ensuite je repartirais les mains vides, ébloui.

Un poète rencontre toujours un poète plus grand qui lui arrache le cœur d'admiration. J'ai rencontré le givre.

L'été on met les solitaires sur un bûcher. Je souffrais de cette saison où le bonheur est obligatoire : ma réclusion devenait trop visible. Même le grand naturel des saisons m'était refusé. Je ne trouvais rien de plus beau que les bras tendus des cerisiers, avec leurs offrandes de fleurs préparées pendant la nuit. Mais les miracles du printemps ne me guérissaient pas de ma paralysie : j'étais forcé de les contempler de loin.

Par la lecture je m'éloignais du Creusot et de toute terre connue. Lire c'est débroussailler dans son âme un chemin que les ronces et les arbres effondrés ont depuis longtemps recouvert, puis avancer jusqu'à découvrir un château en ruine dont les fougères sont les princesses et les liserons les sentinelles. Une légende est attachée à ce château jadis construit par un seigneur si bon qu'il n'a voulu laisser son nom nulle part. Lire c'est rechercher ce nom dans les livres mais aussi dans les fleurs ou sur les visages : partout où passe une douceur si grande que nulle explication ne peut en être donnée.

De la fenêtre de sa salle à manger, mon père pouvait voir le feuillage frissonnant de quelques acacias, les longs toits rouillés de l'usine, comme des barques à fond plat renversées sur une plage, et le ciel surtout, le ciel qui s'attardait au-dessus de cette ville pauvre comme un lecteur au-dessus d'un manuscrit précieux. Aux beaux jours, sous ces averses de lumière qui cinglent le cœur mieux qu'une pluie, l'air avait soudain une odeur sucrée : une manne blanche descendait du ciel, voltigeant au-dessus du chemin de terre qui ceinturait l'immeuble : le vent venait d'arracher aux acacias leurs fleurs neigeuses. Mon père aimait assister à de si simples annonciations. Son attention faisait lever sur son visage le soleil de son âme. Le Creusot peut disparaître. La rouille peut effondrer le toit des usines et le feu prendre tous mes livres. Tout peut disparaître mais l'image de mon père face aux fleurs sacrifiées ne passera pas, peut-être parce qu'elle est plus qu'une image : une lueur jetée sur l'accablante douceur de l'invisible.

La simple vie de chaque jour nous donne toute sa lumière puis s'en va, comme une invisible fiancée portant à son doigt une bague d'air, incrustée de silences scintillants.

Peu de livres ont des phrases aussi subtiles que celles écrites par la lumière du ciel sur un mur. La lecture la plus étonnante que j'aie jamais faite eut lieu par un après-midi d'automne. Le soleil projetait sur le mur de la chambre le rectangle de la fenêtre, découpant un écran sur lequel tremblaient les ombres du feuillage d'un bouleau. Sur la table une bougie se consumait, allumée plus par goût de sa chanson silencieuse que par besoin de sa clarté. Prise dans le rayon du soleil, elle ajoutait son ombre sur le mur à toutes les autres. Il me fallut un long temps avant de voir que sa flamme, elle, ne projetait absolument aucune ombre : le corps blanchâtre de la bougie était bien reflété sur le mur – mais pas sa petite âme dorée. Désertant la scène du monde et de ses ombres chinoises, se laissant traverser par une lumière sans l'arrêter, elle était, de son vivant, au paradis. Elle vivait l'éblouissante vie des morts à côté de laquelle la nôtre est grise et sans tenue.

Le geai est un oiseau lourd, volontiers batailleur. Dans les forêts on découvre parfois les vestiges de ses guerres : de longues plumes marron arrachées par touffes et, presque invisibles, de minuscules plumes striées de bleu : des éclats de verre du paradis, comme si quelqu'un avait lancé une pierre contre une vitre au fond des cieux. Je ne comprends pas comment autant de grâce peut sortir de si rudes batailles. La dureté de ce bleu m'éblouit comme une vérité éternelle.

Ma main droite se souvient de la forme du crâne de mon père.

Quand je commençai à écrire, je fis de ma grand-mère ma marraine de guerre : j'installai un portrait d'elle sur ma table d'écriture – un visage encore jeune, deux yeux de merle d'un noir profond. J'appris peu à peu des choses sur elle. Sa mère était sage-femme, son père ébéniste. La venue de l'enfant les avait contraints à se marier. Ils s'étaient haïs toute leur vie. Les mères sont parfois des bombes qui explosent au visage des enfants. Ma grand-mère avait dû subir ce genre d'éclats. J'allai au cimetière bressan où reposent ses parents. Je ne trouvai que du marbre gris et des roses en céramique. La vie c'est l'esprit et l'esprit ne se laisse enterrer dans rien. Il aurait fallu pour comprendre la cause de cette douleur remonter la chaîne des ancêtres sans s'arrêter à aucun – jusqu'à Dieu peut-être, premier et plus grand souffrant d'une liste interminable, racine de toutes nos larmes passées, présentes et à venir.

Dans la maison noire des deux sœurs il y avait eu un violon. Mon père en avait joué dans son adolescence puis il avait arrêté. Dans le cœur de ma grand-mère il y avait eu une cigale puis la cigale avait arrêté son chant et ma grand-mère avait rejoint le peuple souterrain des fous. En m'asseyant devant une table soigneusement tournée vers la toile peinte du ciel bleu, j'avais choisi mon travail. Je n'y serais pas le maître. Il n'y a qu'un seul maître dans la vie et son visage a les traits fatigués du veilleur de nuit. Mon maître ce serait le langage et cette lumière qui rend le langage aussi fin que la graine volatile du pissenlit, ou que le poinçon du sourire aux lèvres des mères quand les forteresses des écoles laissent s'échapper à midi leurs minuscules otages. Je rendrais à mon père son violon, et à ma grand-mère les ailes bruissantes de la joie.

Ce travail me sembla si difficile que je l'entrepris de manière oblique : mes premiers livres prirent la forme de lettres. Leur destinataire m'était inconnu. Je ne prenais la parole que pour répondre à quelqu'un qui m'avait parlé en premier, non avec des mots mais avec des nuages, des plumes de geai, des pieds d'alouette, des hortensias, des violettes, mille nuances de bleu que le lecteur captif que j'étais avait appris à déchiffrer. Le temps passait, les manèges du monde tournaient et je n'y montais pas. Je pressentais que la bonté était le fondement incorruptible de cette vie. Il suffisait pour assister à ses miracles de patienter et de s'abstenir de beaucoup de choses. L'écriture était le versant lumineux de cette abstention. Mon ange sévère, bras croisés sur le seuil de ma maison, en m'empêchant de sortir m'avait mâché la moitié du travail.

Pendant trente ans je suis resté assis à la table parentale. Mes amis, un à un, s'en allaient du Creusot, découvraient d'autres pays, s'installaient dans d'autres villes. Il me semblait que, nulle part ailleurs, je n'aurais été devant des visages aussi étonnants que ceux que je retrouvais deux fois par jour, à chaque repas. Père, mère, frère, sœur : quoi de plus étrange que ces gens qui vous ressemblent tant et sont si différents ? Partager le pain avec eux c'était aller bien plus loin qu'en Chine. À quoi bon courir le monde alors que je n'avais pas encore déchiffré les énigmes de ces présences familières ? Autour de la table les anges de l'ordinaire virevoltaient, éblouis par les lueurs de la toile cirée à motifs de fleurs.

Mon père finissait toujours ses repas avec un morceau de pain sec. Ma mère au début s'en offusquait, comme s'il lui avait silencieusement reproché de ne pas l'avoir assez nourri. Il lui fallut du temps pour comprendre que le pain était pour mon père le plus délicieux des desserts. Les gens croient montrer leur profondeur quand ils brassent des opinions. Mais les opinions sont des branches mortes flottant sur l'eau croupie de l'époque. J'ignore ce que mon père pensait de ce qui occupait la première page des journaux. Je sais seulement que je sais tout de lui quand je le revois manger avec entrain un quignon de pain dur, comme si le ciel lui avait offert un mets de roi.

J'avais trouvé du travail. Parfois je m'aventurais dans la campagne alentour. J'y découvrais des branches de bouleaux arrachées par un orage et tombées à terre. Je faisais glisser l'écorce blanche striée de gris, comme un bracelet, autour du bois mort. Je l'emportais chez moi. Elle me servait d'enveloppe dans laquelle j'enroulais des lettres que j'offrais à mon entourage : c'était comme si les anges avaient été mes premiers éditeurs. Saint-Sernin est le nom d'un étang qui baigne les tempes du Creusot, et d'une forêt qui rafraîchit ses chairs avec la lumière de ses clairières. Les petits ciels d'emprunt des feuillages sous lesquels je passais étaient les vrais plafonds « à la française ». Lorsque je rencontrais un rouge-gorge, j'étais aussi paralysé devant lui que Moïse devant le buisson ardent. Marcher dans les sous-bois me faisait connaître l'allégresse de ces enfants dans la Bible, au Livre de Daniel, jetés dans une fournaise où ils ne savaient plus que chanter : les boutons-d'or brûlaient mes paupières, les feuilles cramoisies des mûriers tombaient sur mon cœur comme des braises. La vie fragile s'était réfugiée dans le frémissement des feuilles d'un peuplier : là, personne n'irait l'inquiéter. Je découvrais en regardant ce frissonnement des atomes de l'air le vrai visage du Christ. Je n'y lisais pas l'étouffante puissance d'une église ni le secret ressentiment d'une morale mais la plus grande respiration possible, le point le plus lumineux de la vie la plus frêle. Un oiseau dont j'ignorais le nom, abritant une chorale dans sa cage thoracique, annonçait par son chant quelque chose de plus beau que le printemps.

Ma joie fut grande le jour où je découvris l'existence d'Emily Dickinson : elle me confirmait qu'il n'était pas nécessaire de courir le monde pour vivre la vie la plus intense. Assis des heures devant une fenêtre, avec un peu d'humour et de patience, on finissait par voir les anges traverser la rue. Emily Dickinson était presque aussi impossible à détacher de sa maison que la couleur orangée peut l'être du poitrail du rouge-gorge. C'était un enfer pour elle que de sortir dans la rue, d'aller à l'église ou même simplement d'ouvrir la porte aux visiteurs. L'enfer c'était d'être douée d'une sensibilité aiguë. Le paradis, c'était la même chose. Espérant la guérir de son angoisse, son père lui acheta un chien avec lequel, pendant quinze ans, elle fit des promenades sur un chemin de campagne proche de sa maison. À Saint-Sernin on trouve de tels chemins aux barrières ondulantes et à la terre rase. Le ciel s'y précipite comme un petit enfant au-devant de vous. En 1860, à trente ans, Emily ferma sur elle la porte de sa maison puis elle monta dans la chambre nuptiale de son âme et n'en sortit qu'en 1886, au jour de sa mort. Elle écrivit entre-temps des centaines de poèmes dont chacun contenait plus de lumière que toute la Voie lactée.

Qui sait : parce que je n'étais pas sorti pendant toutes les années d'enfance (et l'habitude s'en continuait, les invitations qu'on pouvait me faire m'étaient parfois douloureuses) j'avais peut-être eu la plus belle vie qui soit, tournée vers le dedans – incarcérée dans la lumière. Ce qui nous sort du monde malgré nous est toujours une grâce. La plus belle vie est celle qui exprime ce que la vie a de beau. Il y a mille façons de l'exprimer. La mienne ressemblait à celle de l'enfant qui tourne et retourne entre ses doigts une bille de verre, cherchant à en surprendre toutes les clartés.

Pour écrire ce livre j'ai arraché la fenêtre de ma chambre d'enfant et j'en ai fait un chevalet. Je peins depuis des mois un flocon de neige et un nuage. Rien de plus : cela devrait suffire pour attraper toute la lumière de ce monde – et de l'autre.

Depuis mon lit d'enfant, le soir, je regardais le rai de lumière jaune sous la porte. Il venait du couloir. J'écoutais les voix dans la cuisine à côté. Les adultes étaient tous de grands penseurs, des savants pleins de ruses ou des meurtriers hors pair. L'excellence en tout était leur domaine. C'est ce que croyait l'enfant sauvage que j'étais. Les voix de mes parents dans la cuisine me rassuraient, j'avais l'impression de m'endormir à côté d'un séminaire d'anges qui faisaient le point sur la journée. La lumière sous la porte devait provenir de la poudre sur leurs ailes. La cuisine s'est dépeuplée, le couloir s'est éteint, j'ai grandi : je vivais désormais dans le noir, comme un aveugle, bras tendus en avant. Parfois le

Prisonnier au berceau

soleil d'un visage venait rouler jusqu'à moi, déchirant la nuit qui m'entourait.

Je revois le visage de mon père perdu dans la cuisine de la maison de long séjour, naufragé au milieu des casseroles, humilié par cette brillance métallique, par tout ce qu'elle disait d'impersonnel et de diaboliquement efficace. Il était là si seul que la cuisine en devenait immense, un continent d'indifférence et de zinc. Je l'avais cherché en vain dans les étages avant de le découvrir dans cette pièce vide. Quand il me vit, d'abord il ne me reconnut pas. Puis le crêpe de la maladie s'enflamma, ses yeux s'ouvrirent sur moi, son soulagement rajeunit ses traits et il avait un visage d'enfant crédule quand il me demanda : « Comment as-tu fait pour me retrouver ? » Cette parole, je l'entends chaque fois que je rencontre vraiment quelqu'un. Avec elle les anges reviennent murmurer dans la cuisine et un rai de lumière passe sous la porte fermée du monde.

La cage des conventions qui est autour des gens s'ouvre parfois. Les barreaux des paroles prévisibles sont sciés par la lime d'un silence ou d'une fatigue et la personne apparaît alors dans toute sa royauté : on se trouve devant quelqu'un qui va mourir, qui l'a oublié, qui est bon et qui ne le sait pas. On ne peut rien espérer de plus beau.

Même les aveugles peuvent voir la lumière : il suffit que quelqu'un de bon leur parle.

J'ai fait ce rêve il y a quelques mois : j'entrais en retenant mon souffle dans une cathédrale de blé – une vraie cathédrale dont les murs et la voûte étaient de blés tressés, dorés. Je m'avançais dans la pénombre jusqu'à l'autel. Il était transparent, rempli de poissons lumineux. Puis je me suis réveillé. J'étais à nouveau au Creusot, dans cette ville aux mains rougies – au paradis des yeux ouverts.

Enfant, j'entendais dans les lointains les meuglements des animaux de fer. Les hommes d'ici, pour manger et faire manger leur famille, métamorphosaient des tonnes de chagrin en canons, en wagons, en hélices. La sainteté c'est de ne plus pouvoir choisir. À midi, pendant un siècle, des usines bâillantes, se sont échappés des milliers de saints. Le ciel délavé teintait leurs vêtements. Ils étaient esclaves et ils étaient saints. La peine des hommes fait leur vraie grandeur. L'invisible les sacre. Toute leur jeunesse était sacrifiée

pour qu'apparaissent au monde des mandibules de locomotives, des omoplates de canons – des pièces qui, lorsqu'on les découvre aujourd'hui abandonnées à l'air pur, montrent leur méchanceté native – on dirait des carcasses de bêtes calcinées, aux crocs rouillés. Quand on voit des hauts-fourneaux, même à distance sur une image, on en a le visage roussi, comme si le diable soudain nous crachait dessus, furieux que les hommes aient pris son sang de feu pour le couler dans des moules. Un jour j'entendis un ami évoquer son travail près des hauts-fourneaux. La terreur et l'émerveillement se déchiraient sa parole, lui enlevant toute clarté. Il avait vécu une expérience mystique, indicible. Le silence boit la vérité de nos vies.

L'écriture est si loin de cet univers qu'elle finit par le rejoindre : c'est toujours aller chercher dans la gueule du feu la perle de fraîcheur qui s'y trouve. Les serfs de l'acier, pour nourrir leurs enfants, avaient été décapités par l'admirable soleil de l'abnégation. Ils étaient fiers de leur anéantissement. Mon père disait que son père s'était éteint comme une bougie qui n'avait plus de paraffine, plus de mèche, plus de corps, plus rien que le rien de l'âme. L'écriture est à son zénith quand elle éclaire les sans-visage, quand elle fait s'incliner la vie distraite devant les hommes à l'âme roussie.

Je n'ai jamais été aussi heureux que lorsque je me recueillais en rêve dans la cathédrale de blé, mais les usines démentes, aux tôles bombardées par un gravier d'étoiles, sont plus belles de ne connaître aucun repos, aucune grâce. Ce qui est pur c'est l'enfoncement des âmes dans la vie en fusion. Le réel insupportable mène au paradis à bride abattue. Le réel est la montagne des saints.

Je suis né dans une ville qui pondait des œufs en acier. J'ai grandi dans une famille où les personnes – quand on les pressait trop de questions – se révélaient être en acier trempé. J'ai entendu les hommes éventrer le ciel pour le vider de ses éclairs. À ma naissance on m'a couché à l'intérieur d'un berceau de fonte, un demi-obus. Allongé sur le dos, prisonnier au berceau, je contemplais le ciel, ses forges angéliques et ses nuages qui, en se délitant, me déchiraient le cœur.

Mon tout premier livre fut imprimé dans un atelier à l'intérieur de l'hôpital psychiatrique de la Chartreuse, à Dijon. Ma grand-mère y avait séjourné, mais alors je l'ignorais. J'offris mon livre aux deux sœurs de mon père. L'une ne lisait que des romans policiers, l'autre ne lisait rien. Elles avaient la bonté qui est mieux que la lecture, qui est l'or que tout vrai lecteur cherche au fond de son tamis. Mon livre fut aussitôt rangé dans une armoire, dans la pièce qui n'était éclairée que par le rougeoiement du battant de cuivre de l'horloge, là où personne n'allait jamais.

Je me tournais vers des fantômes pour écrire et c'étaient des vivants qui me répondaient. Le ciel désorienté par ma trop grande immobilité, après m'avoir sauvé de la famine en m'envoyant une manne de lumière, m'apportait des visages. Parce que je n'avais jamais désespéré d'elle et que j'avais sans arrêt cherché son visage sur un tout petit mouchoir de ciel bleu, la vie venait à moi. Celui qui n'avait jamais quitté la rue du 4-Septembre commençait à recevoir des lettres de Lorraine, de l'Aube, et même parfois du Japon.

Un homme traversa la France pour me rencontrer. Il avait vu son père mourir à ses côtés. Il m'apportait cette histoire. Elle se passait dans la grande paix d'un dimanche matin, sous l'aile d'une lumière limpide : enfant il avait coutume ces matins-là de se glisser dans le lit parental et d'y voler un peu de la chaleur moissonnée par la nuit. Sa mère s'était levée, était partie dans la cuisine à côté, préparer le petit-déjeuner. Elle chantonnait. Soudain l'enfant avait vu son père somnolent se redresser d'un coup, crier « je meurs », puis retomber, foudroyé. La mère n'avait rien entendu. Elle continuait à chanter. Pendant une demi-heure l'enfant, tétanisé, était resté à côté de son père mort. Depuis, un voile s'était déchiré entre lui et le fond d'horreur qui, pensait-il, est le fond de nos jours. Les présences ne mentent jamais. Même dans l'âme la plus sombre il reste une plaque de neige. La voix et les yeux de cet homme étaient à son insu couverts par cette neige fraîche. J'en fus émerveillé. La vraie vie nous vient toujours d'ailleurs. Elle descend du ciel d'un visage. J'avais lancé mes filets dans un océan de silence, et j'en ramenais tout un banc de visages singuliers, surprenants, attachants, toute une bibliothèque de visages, annexe de la grande bibliothèque céleste. J'étais allé des livres que je dévorais aux livres que j'écrivais, comme on pousse des portes devant soi – jusqu'à découvrir le sans-phrases de la vie pure.

On reconnaît un ange à l'imperceptible changement qu'il opère dans notre âme quand il tourne celle-ci vers la lumière – comme on pousse du bout des doigts une fenêtre déjà entrouverte afin que l'air se renouvelle plus vite. J'avais presque fait de ma solitude une idole et voici que ma porte enfin s'ouvrait : j'accueillais des rois et des reines. Ils me sauvaient à leur insu, ce qui est sans doute la seule façon efficace de nous sauver. Il n'y a qu'un millimètre entre le paradis et nous. Seuls, nous n'arriverions jamais à le franchir.

Quand on regarde vraiment quelqu'un, on est devant lui comme sa mort bienveillante, on l'aide à se défaire des enveloppes qui entourent son âme et l'oppressent. Une suie de néant se dépose sur notre visage au long de notre vie. La mort est le gant de crin avec lequel Dieu nous débarbouille. L'attention commence ce travail.

Les hommes devraient pouvoir après leur mort reposer dans une phrase qui ferait comme la coque lumineuse de leur âme. Pour mon père je choisirais celle-ci : « Il ne désespérait jamais de qui lui faisait face. » J'avais dû hériter de mon père de son vivant : même au plus noir de mes années d'enfance, interdit de séjour dans ma propre rue, j'avais gardé le goût de la lumière. J'avais appris à connaître toutes choses par leur contraire : le clair par le sombre, le chant par le silence, l'amour par la solitude. J'étais resté si longtemps reclus qu'à présent je clignais des yeux devant tous les visages, ébloui. Le quincaillier de la rue Leclerc était un Roi mage, cette vieille dame au marché des Quatre-Chemins était une sainte à la retraite, et cet enfant qui regardait mélancoliquement les passants depuis sa cour d'école était un grand sage de l'Occident : les voir, c'était voir le ciel respirer. Tous étaient sanctifiés par leur mort à venir, innocentés à l'avance de toutes leurs erreurs.

Pour un été je trouvai un emploi dans une épicerie du quartier de la Villedieu. Les clients entraient par rafales. Je les recevais comme un ravissement. Chaque visage, même le plus maussade ou le plus fripé, m'était une bonne nouvelle. Les enfants du voisinage, comme des moineaux s'abattant sur un cerisier joufflu, entraient par bandes riantes. Ils pillaient allégrement ma réserve de glaces et de bonbons. Je fermais les yeux sur ces vols. Au bout d'un mois de contemplation active le chiffre d'affaires avait baissé – mais j'étais aux anges.

Chacun, même le plus perdu des hommes, a dans son âme une chaumière, avec une clochette à l'entrée. Le vent parfois la fait bouger.

À quinze heures je désespère de tout, à quinze heures une minute tous les chemins se rouvrent.

Hier, dans la cour galeuse de l'ancienne caserne de pompiers où je vis, je me suis fait apostropher par cinq pissenlits au pied d'un mur moussu. Avant de devenir jouets aériens pour les enfants, ces fleurs n'étaient que louanges, vivats, exaltation de l'or des jours fragiles. Leur joie d'exister était si grande qu'elle attirait comme un aimant les rayons des étoiles les plus éloignées de la terre. Toute la lumière du ciel s'engouffrait dans l'entonnoir de leurs petits cœurs jaunes. À l'instant où je les ai vus, Dieu est passé devant mes yeux dans une nuée d'or et de pollen.

Il y a quelques semaines ma maison d'enfance était à vendre. Je l'ai visitée et ses dimensions m'ont surpris : elle ne me parut guère plus grande qu'une coquille d'œuf. J'allai d'une pièce à l'autre sans traverser aucun fantôme : la coquille était vide. Ce n'est qu'en levant la tête dans la cour intérieure que je retrouvai tout : c'était bien le même livret de ciel bleu, celui dont chaque page, tournée par la main de la nuit, ne ressemble à aucun autre.

La mémoire m'est restée de ces promenades que je faisais, enfant, dans une cour de lumière. Je porterai toujours en moi la joie qui me venait d'une vue sur les extases d'un ciel neigeux, et je trouverai toujours plus de merveilles sur la feuille d'air bleu découpée par une fenêtre que dans toutes les toiles peintes, encadrées de moulures dorées, du musée du Louvre. Une maison ne sera jamais pour moi ce qui s'entasse à l'intérieur, mais ce qu'on voit à ses fenêtres quand on y vit. Celle où je suis aujourd'hui a ainsi pour grâce suffisante la fièvre des feuillages des bouleaux devant les fenêtres.

Les nuages passent devant la fenêtre du salon sans s'arrêter. La joie qui rayonne de leur lenteur, de leurs métamorphoses, de leur velouté, toute cette joie déborde d'eux, tombe de leurs chariots neigeux aux roues lumineuses et s'entasse dans mon cœur. Mon enfance n'a jamais eu d'autre substance que cet amour pour une lumière qui sans fin m'abandonnait et sans fin revenait vers moi. J'ai toujours repris courage en regardant le ciel par une fenêtre. Il est si beau lorsqu'il éclaire un bâtiment de briques orangées ou des toits d'usine – comme si un seigneur se mettait au service d'un gueux. Mon cœur est tapissé de blanc par tous les nuages que j'ai vus passer au-dessus du Creusot. Il y a quelque chose d'ennuyeux dans tout spectacle, qui

ne se trouve jamais dans les miracles surabondants du ciel pauvre.

La carte du quotidien, quand on la défroisse, présente les mêmes sentes et les mêmes reliefs que la carte de l'éternel. Si un Chinois venait du bout de son monde au Creusot (et il en est venu au début du vingtième siècle, travailler dans l'usine), il ne serait pas plus étonné que je le suis par une ville où le quotidien est comme partout plein d'énigmes et de gloires silencieuses.

Un grand livre clair brûle en silence sur ma table : *L'ange qui boite*. Tout le temps dehors, préservé de rien, son auteur, le poète Jean-Marie Kerwich, a eu une vie exactement contraire à la mienne : rien donc ne nous sépare. Les ronces des grands chemins et la dent des hommes mauvais ont ouvert son âme de gitan à l'adorable fragilité du ciel. Il n'a pas plus que moi choisi sa vie. Le soleil qui est dans sa poitrine donne une lumière qui l'isole des autres hommes. La grande intelligence lui est tombée dessus dès la petite enfance : au Canada où il passait avec son père il a connu les impériales forêts d'érables. La maîtresse demanda aux élèves d'écrire un poème. Il écrivit : « Les feuilles d'automnes sont si belles que je ne comprends pas pourquoi mes camarades marchent dessus. » Pour celui qui vagabonde sous la lune comme pour celui qui reste sur sa chaise, « ici » est le nom de tous les miracles.

Mon père a toujours vécu dans cette ville. Il y a donc tout trouvé.

Il y a quelques semaines, je passais devant l'église de Saint-Sernin alors qu'un enterrement s'y terminait : le glas sonnait tandis que, de l'église comme d'une coquille sombre nacrée par la lumière des cierges, les employés des pompes funèbres, avec un sérieux plus sinistre que la mort, extrayaient la perle d'un cercueil. Les gens massés devant l'église se réchauffaient en retrait, grignotant l'événement par petites anecdotes. La convention régnait : personne n'était vivant sauf le mort et, surgi de l'église vide, toutes dentelles tournoyantes, le prêtre qui, au moment où le cercueil glissait à l'intérieur du fourgon, s'est penché sur le couvercle pour une ultime prière. Tout à son affaire, le visage fiévreux, il parlait bas et vite, comme une personne d'une rare bonté s'adressant à un enfant injustement renvoyé dans sa chambre et lui chuchotant : « Ne crains rien, ta punition n'aura qu'un temps, je te sortirai de là, c'est promis. » Cette vision m'enflamma le cœur, comme chaque fois que je vois quelqu'un faire un tout petit peu plus que son travail.

Après plus de cinquante ans passés dans cette ville, je viens de découvrir, à cinq minutes d'ici, un très ancien parc, le parc des Carrières. J'y ai surpris un écureuil tout occupé à décortiquer un gland, debout sur un piquet de bois comme un stylite sur sa colonne. Il était impossible de savoir s'il priait ou s'il mangeait, tant ses petites mains jointes autour du fruit semblaient le signe d'une prière.

Le temps est la toupie de Dieu. Les saisons sont peintes sur son tour. La toupie tourne de plus en plus vite, jusqu'au jour où, comme si elle avait heurté un invisible obstacle, elle sort de son axe, bascule sur le côté, s'arrête : quelqu'un vient nous sortir du tourbillon de nos soucis et de nos peines.

J'admire chaque jour en sortant de chez moi la grande confiance des nuages, leur inlassable candeur qui roule au-dessus de nos têtes, comme s'il y avait une provision de bien éternellement plus grande que celle du mal.

Un jour nous verrons sans images, comme il est aujourd'hui presque possible de voir dans les rues du Creusot, pures d'être désenchantées.

LISTE DES ILLUSTRATIONS

p. 42 Testament d'Emily Dickinson. Photo Houghton Library, université d'Harvard.

p. 46 Kiosque ancien au Creusot. Document Écomusée du Creusot Montceau.

p. 54-55 Marteau-pilon. Document Écomusée du Creusot Montceau/Cliché Daniel Busseuil.

p. 60-61 Salle des fêtes Saint-Henri. Document Écomusée du Creusot Montceau/Cliché Daniel Busseuil.

p. 68 Fenêtre de la chambre d'Emily Dickinson. Photo Amherst College.

p. 72 Montre d'Emily Dickinson. Photo Houghton Library, université d'Harvard.

p. 79 *La Vierge couronnée par deux anges*, gravure de Dürer. Musée du Petit-Palais, Paris. Photo © PMVP/Cliché Pierrain.

p. 81 Détail de l'image des pages 60-61.

p. 82 André Dhôtel, *Je ne suis pas d'ici*, Gallimard, 1982.

p. 91 Maison d'Emily Dickinson. Photo Houghton Library, université d'Harvard.

p. 95 Porte par laquelle en 1886 passa le cercueil d'Emily Dickinson. Photo Amherst College.

DU MÊME AUTEUR

Aux Éditions Gallimard

La part manquante (« Folio », n° 2554).

La femme à venir (« Folio », n° 3254).

Une petite robe de fête (« Folio », n° 2466).

Le très-bas (« L'Un et L'Autre » ; « Folio », n° 2681).

L'inespérée (« Folio », n° 2819).

La folle allure (« Folio », n° 2959).

La plus que vive (« Folio », n° 3108).

Autoportrait au radiateur (« Folio », n° 3308).

Geai (« Folio », n° 3436).

Ressusciter (« Folio », n° 3809).

La lumière du monde. Paroles réveillées et recueillies par Lydie Dattas (« Folio », n° 3810).

Louise Amour.

Dans la collection Poésie/Gallimard

L'enchantement simple et autres textes. Préface de Lydie Dattas.

En collaboration avec Édouard Boubat

Donne-moi quelque chose qui ne meure pas.

Aux Éditions Fata Morgana

Souveraineté du vide suivi de *Lettres d'or* (repris dans « Folio », n° 2680).

L'homme du désastre.

Lettres d'or.

Éloge du rien.

Le colporteur.

La vie passante.

Un livre inutile.

Aux Éditions Lettres Vives

L'enchantement simple.
Le huitième jour de la semaine.
L'autre visage.
L'éloignement du monde.
Mozart et la pluie.

Aux Éditions Mercure de France

Tout le monde est occupé (« Coll. Bleue ». Repris dans « Folio », n° 3535).

Aux Éditions La Passe du Vent

La merveille et l'obscur

Aux Éditions Brandes

Lettre pourpre.
Le feu des chambres.

Aux Éditions Le Temps qu'il fait

Isabelle Bruges (repris dans « Folio », n° 2820).
Quelques jours avec elles.
L'épuisement.
L'homme qui marche.
L'équilibriste.

Livres pour enfants

Clémence Grenouille.
Une conférence d'Hélène Cassicadou.
Gaël premier roi d'Abîmmmmmme et Mornelonge.
Le jour où Franklin mangea le soleil.

Aux Éditions Théodore Balmoral

Cœur de neige.

DANS LA MÊME COLLECTION

Pierre Alechinsky, *Des deux mains*
Jean-Christophe Bailly, *Tuiles détachées*
Roger Grenier, *Andrélie*
Christian Lacroix, *Qui est là ?*
J.M.G. Le Clézio, *L'Africain*
Marie NDiaye, *Autoportrait en vert*
J.-B. Pontalis, *Le Dormeur éveillé*

Ouvrage composé
par Dominique Guillaumin, Paris.
Achevé d'imprimer
par l'Imprimerie Floch
à Mayenne le 20 septembre 2005.
Dépôt légal : septembre 2005.
Numéro d'imprimeur : 63905.

ISBN : 2-7152-2592-X / Imprimé en France

138353